KB122699

청춘학교

수필

그땐 그랬지

청춘학교

수필

그땐 그랬지

도중은 외

개미

유협의 문심조룡 原道第一에 첫 문구다. "文之爲德也大矣(문지
위덕야대의) : 문의 덕됨은 크다." 라고 말하며 "與天地竝生者何哉
(여천지병생자하재) : 그것이 천지와 함께 난 것은 어째서인가" 라고 되
묻습니다.

青春學校(청춘학교 교장 전성하)는 대전광역시에 교육장을 두고 지
역의 문해교육을 실시하는 곳입니다. 금번 동인지는 『삐뚤빼뚤
가갸거겨 인생』 韻文編(운문편)과 『그땐 그랬지』 散文編(산문편) 두
권이 전문예술단체 〈장애인인식개선오늘〉의 '장애인창작활동지
원 사업에 선정'되어 발간하게 되었습니다.

중도에 학업을 중단하거나 형편상 학교 교육을 받지 못한 장애
인과 비장애인 노인분들의 작품집이 문학의 정수에 그 갈급함이
닿아있어 참으로 "文之爲德也大矣(문지위덕야대의) : 문의 덕됨은 크
다." 라고 말할 수 있게 되었고, 그 깊이가 인생이 닿아있어 "與天

地立生者何哉(여천지병생자하재) : 그것이 천지와 함께 난 것은 어째서인가"라고 묻는 질문에 답을 이루고 있었습니다.

　전문예술단체 〈장애인인식개선오늘〉이 장애인의 창작활동을 지원하는 프로그램을 통해 장애인의 문화콘텐츠 제작을 위한 창조적 문화예술 활동으로 성장하면서 인정받게 된 것은 장애인 어느 한 개인의 역량만으로 가능한 것은 아닐 것입니다.

　곧 〈장애인문학〉의 대중화를 이끌어 낸 최초의 사례가 된 것입니다. 즉 장애인 문화예술교육 활동의 기회제공, 이들의 작품성으로 인한 대중적 접근성을 신장하였고 문화예술계 전반에 참여할 수 있는 전반의 역량 강화에 이바지를 한 것입니다.

　또한 이와 같은 사회참여 과정은 장애인과 고령화 사회의 노인이 작가와 독자가 되어 보다 풍요로운 삶을 영위할 것이며 동시에 사회통합과 공동체 사회의 이념을 다듬어 나가는 초석이 될 것입니다.

　끝으로 대전광역시의회, 대전광역시, 재단법인 대전문화재단의 지원에 깊은 감사를 드립니다.

2019년 12월
전문예술단체 〈장애인인식개선오늘〉
대표 박재홍

이 작품집을 글을 배우고 처음
마음을 내어놓은 분들에게 바칩
니다. 또, 세상을 향해 숨은 학업
의 꿈을 고령에도 이어 가며 '나
는 이런 사람이다' 라는 울혈을
이해하는 모든 분들에게 바치며
아직 청춘학교에 오지 못하신 분
들게 용기가 되기를 바랍니다.

2019년 12월
출품작가 일동

그땐 그랬지
차례

도중은

영화와 소풍 그리고 여행 외4

청춘학교를 향해서 버스를 타고 한 시간이나 올라치면 너무나
힘들다. 그래도 배우는 것이 좋아서 매일같이 학교에 간다. 무정
한 세월은 우리네 인생이 꽃잎에 맺힌 이슬과 같다. 어디서 왔다
가 어디로 가는 것인지 자고 일어나 보면 그날이 그날인 것 같더
니 이팔청춘 보이지 않는다.

아마도 세월이란 놈이 훔쳐간 것 같으니 그놈은 도둑놈이다.
모든 이가 잠든 사이 몰래몰래 살며시 와서 하루, 이틀, 한 달,
두 달, 1년, 2년, 훔쳐가더니 오늘 아침 일어나 보니 칠십 년도

넘게 가져가 버렸다. 세월은 도둑놈인가 보다.

이제는 세월이란 놈이 시간마저 가져가 버리는 바람에 내가 쓸 시간이 조금밖에 없다. 그동안 세월에 속고 속아 살다 보니 세월이란 놈 하는 행동이 눈에 보인다. 도둑맞은 이팔청춘 찾으러 가자, 우리 추억 여행이나 떠나볼까나, 괴나리봇짐 지고서, 누구든지 선몽처럼 떠오르는 홍몽을 만날 때 늘 그 풍경은 과거 가장 힘든 기억이 그것이다. 나는 일생에서 가장 힘들고 어렵다고 해도 일본 시대에 태어나지 않은 것을 생각을 해보았다. 끔찍한 일이다.

아버지는 저만 살겠다고 일본놈 앞잡이고 아들은 대한민국의 시민이고 둘로 갈라져 아버지를 따르자니 조국이 울고 조국을 따르자니 아버지의 협박이 심하고 대한의 아들로서 용감하지 않았다면 대한민국은 지금 어떻게 되었을까.

이 영화를 통해서 뼈에 사무치게 느끼고 반성을 하게 한다. 우리 조상들이 없었다면 대한민국은 어떻게 되어 있을까, 간담이 서늘하게 느껴진다. 우리는 하나로 뭉쳐야 우리가 살 수 있다.

우리는 하나가 되어야 하고 힘이 있어야 한다. 배우지 못하면 누구에게도 천대를 받을 수 있으니 열심히 배워야 할 것이다. 대한민국 힘을 기르고 하나로 뭉쳐야 살 수 있다.

오늘은 청춘학교에서 봄소풍을 가는 날이다. 장소는 과학관이고 그 옆에는 화폐박물관이었다.

견학을 가서 감독관이 설명하시는 이야기를 듣고 보니, 수억년 전에 동물들이 환경 때문에 살 수가 없어 사라졌다는 말을 들을 때 또다시 인간이 환경 오염을 발생하면 안되겠다 결심을 하게 되었다.

우리나라가 지금 환경 때문에 질병이 많아졌고 쓰레기도 많아졌다. 앞으로 분리수거를 열심히 해야 후손들은 좋은 환경에서 살 수 있도록 국민들께서 노력해야 한다.

살기 좋은 대한민국이 되도록 열정을 갖도록 노력이 필요했고, 그런 날은 바람이 부는 대로 기차에 몸을 실고 대전을 향해 길을 떠나고 있었다. 대전역에 내리니 옛 가락국시가 생각이 나서 한 그릇을 맛있게 먹었다.

무엇인가 미각을 자극해 옛 생각이 절로 나서 옛 충청남도 도

청을 찾아 본관이 등록된 문화재 18호에 자리한 대전 근현대사 전시관 학예연구실, 20세기 초부터 최근까지 약 100년간 대전의 역사와 발전상 원도심의 다양한 모습을 볼 수 있었다.

그러나 일본 제국이 우리 민족을 얼마나 괴롭히고 짓밟았는가 라는 질문과 독립운동가와 백성들은 살 수가 없어 죽거나 자살 또는 독립운동하는 독립군을 잡아서 고문하고 감옥에 갇혀 모진 고문을 견디다 못해서 많은 백성이 고통 속을 헤매이며 울고 웃었던 나날을 살펴볼 때 힘이 없으면 언제나 또 당할 수 있다는 것이다.

그 방안의 하나로 대전을 살리고 경제도 살려야 할 것이다. 우리 대전을 이끌어 다른 타 시도를 넘어 국민들이 잘 살 수 있게 노력해야 한다. 그 잔인무도한 일본 제국을 여러분 다 같이 힘을 뭉쳐서 부국강병을 하여 외세의 침탈을 받지 않도록 노력해야 한다.

우리는 지금까지 잘해왔습니다. 그럼에도 불구하고, 지금 우리는 뭉쳐야 합니다. 우리 대전을 발전시키고 경제도 살려야 합니다. 우리 대전을 다 같이 사랑합시다.

문해교육을 받으면 가끔 현장체험을 가게 된다. 청춘학교에서 견학을, 옛 테미고개에 옛 도지사 관사를 찾아가 보니 진짜로 깜짝 놀랐다. 세상에서 가장 높은 사람들께서는 다 그러지는 않았겠지만 대지가 천평 건물이 100평이 넘고 그 일본 제국에 일본 사람들이 살았다는 말씀을 들었을 때, 36년 동안 백성을 얼마나 많은 사람을 겉절이처럼 달라 붙어서 괴롭히고 약탈했는가. 이승만 대통령은 자기만 살겠다고 피난을 와서 나는 서울에 있어 서울은 아무 문제가 없으니 안심하고 있어라, 그 말을 들을 때 세상에 믿을 수가 없구나 하는 생각이 들었다.

윗물이 맑아야 아랫물도 맑은 법인 것 아닐까 생각이 든다. 사람으로 태어나서 서로 돕고 살아야 한다고 부모님께 배웠다. 우리나라는 지금 배려하는 정신이 없는 것 같다. 지금 우리나라는 하나가 되어야 외국 사람들이 무력으로 침투하지 못할 것 같다.

마지막으로 오늘이 어버이날이라고 오늘 선생님들께서 어버이 은혜 노래를 불러 주실 때 진정으로 감동을 받았다. 지금 장성한 자손들은 왔다가 간 것으로 전화만 하는데 선생님께서는 그렇게 신경을 써 주신데에 진정으로 감사했다.

곧 스승의 날을 생각해서 두 손을 모으고 '앞으로 열심히 배우겠습니다. 선생님들 건강하세요.' 라는 말을 하고 싶은데 다시 삼켰다.

이렇게 세상에서 우리 선생님들만 같은 분들이 계신다면 세상은 환하게 웃는 꽃이 될 것 같습니다. 그 누구를 사랑하는 것 만으로도 행복할 것입니다. 오늘은 좋은 날 꼭 행복하세요.

나는 이런 사람이다

나는 세상에서 시를 제일 잘 쓰고 싶은데 맞춤법이 문제다. 생각과 받침을 잘 사용하지 못하고 못 쓴다. 봄이 오면 꽃이 피듯이 인생이 피고 지는 것처럼 다시 태어난다면 공부를 차근차근 배워서 세상에서 가장 멋진 시를 쓰는 시인이 되고 싶다.

글을 쓰면서 지금 내 모습이 어떻게 생겼을까? 하고 생각해 보기도 하고 남들의 생각이 궁금해 가슴을 졸이면서 살고 있다. 나는 날개를 달고 훨훨 날고 싶다. 누구를 찾아서 어디로 갈지는 세상에서 아무도 모르게 날고 싶은 것이다.

아름다운 곳을 찾아서 자유롭고 환한 길을 걸어서 한없이 길을 걸어가는 나그네처럼 날개를 활짝 펴고 세상을 자유롭게 날고 싶다. 그리고 나는 지금 누구를 사랑하고 있다. 그런데 그것은 아무 한테도 말할 수는 없다.

오늘은 길을 잃은 나그네가 되어 갈길을 잃고 있다가 갈 곳을 찾아서 버스에 몸을 실고 가다 보니 청춘학교 문앞이었다. 공부를 하고 보니, 열심히 해서 검정고시 시험에 합격을 하고 그 서류를 보여 드려도 그이는 말씀이 없으시네 나는 또 눈물이 난다. 또 잘하면 되겠지…… 열심히 해야겠지……

어린시절에 시골에서 부모님과 농사를 짓던 생각이 난다. 밤이 되었는데 비가 올까봐 논에 물을 보고 오라고 하시어 부모님 말씀에 나는 그 깜깜한 밤에 혼자 까만 어둠을 헤치고 가던, 그 옛날 나는 혼자서 무서웠던 어린시절이 생각이 난다.

여자인 나를 우리 부모님은 시험하신 것 같다. 나는 개울가에서 새우며 미꾸라지를 잡아서 보글보글 끓여 먹던 생각이 나 그 시절이 그립기도 하다. 지난날 뒷동산에 올라가 썰매 타고 놀던 친구들 생각이 그립다.

고향이 얼마나 멀고 먼지 가깝고도 먼 내 고향, 밤하늘을 바라보면 부모님 생각이 나네. 오늘도 눈물짓는 은이는 지금도 부모님께서 나를 얼마나 사랑하시었을까 생각하며 부모님 보고 싶어도 볼 수가 없네. 아 생각만 해도 눈물이 난다.

언제나 또 만날까? 그리운 부모님 고향 산천 밤하늘 달님이여. 우리 부모님 잘 비춰주오. 꿈에라도 볼 수 있게 해주오. 부모님. 사랑합니다.

들에 핀 노란 배추꽃을 보니 우리들의 어린시절이 문득 생각난다. 나물 끼고 돌아오던 길에 틈실한 유채꽃대 꺾어 먹고는 했었지. 밭주인의 마음이 어떠할지 그때는 미처 알지 못했을 때였으니까.

불태운 논둑에 삐죽이 올라오던 삐삐를 한 움큼 뽑아들고 조심스레 껍질을 벗겨 먹으면 부드럽고 달작지근한 맛이 그만이었지. 가끔 뱀이라도 만나면 혼비백산했지만 맛있는 주전부리였잖아.

통통하게 올라오는 찔레새를 꺾으면 떫은 맛과 어우러진 풋내음. 소나무에 달려있는 솔꽃도 송진향과 어우러진 달콤함이 좋았었지. 그때는 떫은 맛에도 익숙해서 맛있게 먹었던 기억이 난다.

또 어린 열매인 다래가 열리는데 하얀 속살이 어찌나 부드럽고 달콤한지 먹을 것이 귀하던 때였기에 산과 들에서 먹을 것을 찾던 시절이잖아.

파랗게 일렁이는 보리밭길. 걷다가 보릿대 하나 꺾어 줄기를 자르고 입에 넣어 이빨로 자근자근 내는 그 풀피리 소리는 어느새 바람을 타고 훨훨, 소리가 난다는 것이 신기했고 두툼한 그 소리가 마냥 좋았었지.

물이 있는 논에는 우렁이가 참 많았지. 그때는 거머리가 무섭지도 않았을까? 미끄러지듯 들어가 하나씩 주워 검정 고무신에 담아 들고 좋아라 웃던 우리였지. 물 젖은 고무신을 신고 걷노라면 뿌적뿌적 나는 소리에 또 재미있었지. 까르르 웃던 소리. 짤랑짤랑 우렁이를 머리에 이고 집으로 돌아오는 길.

흐드러지게 핀 아카시아 꽃잎 따먹으며 우린 마냥 즐거웠지. 가위바위보를 하며 한 잎 두 잎 아카시아 잎 피리를 떼어내며 게임도 했었고 참 좋았지.

우리집은 시골 중에서도 아주 깡촌에 살았다. 우리 할아버지가 오 형제 사시고 그때는 부자로 그 동네에서 남의 땅을 밟지 않고 살아왔을 만큼 그 동네 땅이 다 우리 할아버지 땅이었다고 하셨는데 할아버지께서 술을 좋아하시며 재산을 다 탕진하셨다고 한다.

우리 아버지는 오 형제 중 막내셨다. 우리 아버지께서는 우리 오 남매를 굶기지 않으려고 노력하며 사셨다. 물려받은 게 아무것도 없지만 우리 오 남매를 잘 키우려고 무척 노력하며 사셨다.

가진 게 없어서 새벽엔 나무를 해다 팔고 아침이면 화로에 불을 담아 밥을 지어 밥 한술 비벼 드시고 일하러 가셨다. 등에 늘 지게를 지고 다니셨기 때문에 나는 지게 자국이 움푹 파여 있는 아버지 모습을 늘 보아 왔다. 아버지의 고생은 지금 직장에서 고생하시는 것과는 비교할 수가 없다. 그런 모습을 떠올리면 가슴이 너무 아프고, 농사짓느라 고생하신 기억들이 너무도 생생하여 지금도 나는 밥 한 톨을 버릴 수가 없다. 그래서 아이들을 키울 때 항상 밥 한 톨도 버리지 못하게 했다. 막내는 내게 배운 대로 아직도 자식들에게 그렇게 교육시킨다. 부모님의 그런 노력 덕분에 그래도 이만큼 살고 있지만 며느리들한테는 잔소리로 들릴까 봐 차마 그렇게 말 못한다.

그렇게 고생하신 덕분에 나중에 땅을 열네 마지기나 사실 정도로 여유가 생기셨다. 어릴 적엔 그렇게 아끼시는 중에도 장에 가시면 자주 상어고기를 사오셨다. 그 상엇국은 지금 생각해보면 북엇국 맛이다. 그리고 종종 두툼한 마른오징어도 한 축씩 사다 놓고 실경에다 올려놓으셨다. 그래서 가끔씩 우리가 꺼내 먹도록 해주셨다. 담백한 맛이 나서 참 좋았다. 다른 집은 상상도 못할 일이었다. 매일 새벽부터 그렇게 고생하시면서도 우리를 위해 그런 것을 해주신 걸 생각하면 눈물이 난다. 그래서 지금도 밥 먹을 때면 부모님 생각에 늘 감사하다 여기며 먹는다.

그리고 아버지가 언니와 내게 사다 준 간당구 원피스를 잊을 수가 없다. 열 살 때였다 그 시절에는 광목으로 떠온 옷감으로 직접 만들어 입혔는데 갑자기 어느 날 아버지가 시장에서 사 오신 원피스는 그 전까지 한 번도 상상도 못해 본 적도 없던 옷이었다. 예쁜 커다란 꽃무늬 원피스였다는 것만 너무 생각난다. 그땐 그저 좋은 기억이었는데 지금 생각하면 꿈만 같다. 아버지가 그때 그걸 시장에서 어떤 맘으로 사셨을까 하는 생각이 들어 눈물이 난다. '아버지 사랑합니다' 가슴속에서 가끔 생각하게 된다. 그때는 마냥 좋았는데 지금 생각하면 그저 감사한 마음이다.

나의 꿈을 꾸어 보면 우리 자손들 건강하고 몸조심하고, 우리 손자 손녀들 공부 잘하고, 우리 며느리 하루 종일 서서 얼마나 힘들까 싶고, 딸은 늦게 직장에 다니느라 고생이 많지 싶다. 우리 며느리는 고등학교 아들 뒷받침하랴 유치원 선생님하랴 살림하느라 고생이 많지. 고생 끝에 낙이 온다고 했지. 우리 큰자부 선생님 항상 고맙고 건강했으면 좋겠어. 항상 나는 편지를 잘 쓰고 싶어도 못 쓰는 것이 한이 되고 있었지. 며느리가 흉볼까봐 못 쓰겠어. 편지를 잘 쓰느 것이 한이다. 열심히 해서 소원을 풀어보자.

돈

고진감래다. 큰집은 부자고 작은집은 가난하여 살기가 어려웠는데 그렇게 힘들 때 좀 도와주지 못 본 체하여 동생이 열심히 노력해서 돈 벌어 밥만 먹고 살면 된다고 하더니 본인이 돈 벌어 살만 하니 하늘나라 가더라. 인생은 건강하게 사는 게 중요하다. 돈은 있다가도 없고 없다가도 있는 게 돈이지. 돈 있다고 고자세 마라. 마음먹은 대로 안되는 게 인생이더라. 살다 보면 좋은 날이 온다.

결혼할 당시 남편은 부대에서 일하는 군무원이었다. 그래서 결혼을 했는데 결혼하고 얼마 안되어 직장을 그만두었다. 그땐 별로 남편의 일에 간섭도 안 하고 걱정도 하지 않았었다. 그저 남편을 믿었다. 남편은 전파사를 운영했다.

그런데 돈이 없이 시작하니 장사가 잘 안되었다. 자식은 삼 남매를 낳았는데 살기 팍팍했다. 그래서 친정아버지가 쌀과 콩을 지게에 지고 오셔서 삼 남매 어떻게 키울려고 그러나 걱정도 하셨다. 그때 아버지께 용돈도 제대로 못 드린 게 한이 맺힌다. 남편이 장사가 안되어 때려치우고 직장에 들어갔다.

나는 남편이 직장에 들어가니 맘이 편하고 좋았다. 첫 월급으로 5만 원을 탔다. 70년대다. 월급만 기다리고 있었는데 첫 월급을 타서 그걸로 사람들 술 사줘야 한다고 그 돈을 가져다가 다 썼다. 한 푼도 안 남겼다. 월급날만 고대하다 그 사실을 알고 그땐 애들하고 어떻게 살라고 하는지 이해가 안되고 생각하면 기막혔다.

그래도 이후부턴 찬찬히 모아 적금을 들 수 있었다. 적금 들어 처음으로 150만 원을 탔다. 남편은 그 돈으로 땅을 사겠다고 했다. 350만 원을 금고에서 대출하여 그것을 갚아가느라 힘은 들었지만 그리고 그 이후엔 집을 짓느라고 대출을 또 받아야 했다. 그래도 빚을 갚아 나가는 게 좋았다. 큰집에서 100만 원을 빌려 왔는데 나중에 갚으려고 하는데 그것을 받으시는 시숙이 솔직히 너무 미웠다.

정말 시숙은 잘 사는 형편이었기 때문에 없는 동생 그 정도는 해 주실 수 있을 거라 생각했었기 때문이다. 그래도 나름대로 집도 짓고, 빚도 갚고, 아이들과 삼 남매 잘 키워 결혼시킬 때였다. 정말 돈 걱정 안 하고 행복했던 시절이다.

남편은 아이들 신세 안 진다고 열심히 살아왔다. 건강한 체질이라고 여겨 잘 살아갈 수 있다고 생각했다. 65세까지 일하고 겨우 살만해서 함께 오순도순 잘 지내왔는데 그런 남편이 어느 날 갑자기 70세 무렵에 못된 병이 와서 5년 정도 고생하다 가셨다.

지난 4월 7일 갑자기 가셨다. 호흡을 못해 큰 병원에 진찰하는데 열도 내려가고 괜찮은 줄로 알았다. 큰아들이 집에 가래서 나는 먼저 왔다. 그런데 큰아들이 조금 있다 뒤따라 왔다. 모든 일이 너무 갑작스러웠다. 남편 49재를 해 드릴려고 집 떠나서 절에 모셨다. 근데 이렇게 보고 싶은 게 밥먹을 때마다 남편 생각이 난다. 보고 싶다고 사랑했다고 항상 내 의견을 존중하고 뒷말없이 묵묵히 살아와 준 남편한테 고맙다고 전하고 싶다.

기억

　나는 결혼해서 삼 남매를 낳았는데 아들이 둘이고 딸은 한 명 삼 남매를 길렀다. 어느 날 큰아들이 없어진 것을 알게 되었다.

　남편은 집에서 무엇을 했길래 애가 없어진지도 모르고 있었냐고 난리가 났다. 그래서 외갓집에도 가보니 없다고 해서 온 동네를 찾아다녔는데도 없어서 다시 외갓집에 가보니 아이가 텔레비전을 보고 있는 것이다. 그래서 되게 아이가 혼난 적이 있었다.

　또 어느 날 추석이 되어 큰집에 가야 하는데 큰아들이 없어져

온 동네를 홀딱 뒤집어지게 찾았으나 없었다. 그래서 찾아다니다 보니 먼 동네까지 갔다. 가보니 아들이 벼논에서 친구들과 노느라 생쥐꼴이 되어 있는 것을 보고 나무라는 것도 다 잊어버리고 웃음꽃을 피우고 했던 기억도 난다.

이제는 결혼해서 지금까지 아들딸 낳고 잘 살고 있어서 좋다. 사랑하는 우리 가족들 건강하게 잘 살고 있다. 그런데 내가 가족들한테 못해 준 것이 너무나 많다. 아들딸 모든 것을 제대로 챙겨주지 못하고 받기만 한 것이 미안하구나.

먼 훗날 내가 너를 몰라본다고 해도 나는 너의 엄마가 틀림없다. 우리 아들, 며느리, 사위, 딸, 손자, 손녀들 모두 사랑한다. 건강하게 잘 살아다오.

큰아들이 결혼할 때 우리 며느리가 모피 옷을 해주었을 때 행복했지. 큰며느리는 선생님이고 인정도 많았지. 우리 딸은 원자력발전소 근무하는 사위를 보았지. 사위는 세상에서 가장 착한 사람이지.

작은 자부는 예쁘고 착하지. 큰며느리가 첫딸을 낳는데 내가 허리가 너무 아프고 먹으면 체하고 해서 항상 병원 가는 게 일이었지. 그 와중에 쌍둥이를 보게 되었지. 그래서 이웃집 김정숙 아주머니께 아기를 맡겨두고 병원 가는 일이 자주 있었지. 그러다 아기가 3살 되어 나는 밭일하고 택시회사 가서 밥하고 세차도 하고 나는 안 한 것 없이 다 해 보았지.

페인트 일도 했고 남의 토마토밭에서 일할 땐 발이 무좀에 걸려 식초를 발랐더니 퉁퉁 부어서 땅바닥에 발을 디딜 수가 없었지. 참 산다는 게 돌아 보면 힘들었지만 나는 그것을 그렇게 힘들다는 생각은 해 본 적이 없었다. 이제는 그저 사랑하는 우리 아들, 딸, 손자, 손녀, 며느리 건강하고 행복한 날이 되길 바라는 마음이다.

나는 늦깎이 공부하느라 고생이 많다. 겨우 검정고시 시험 보고 나니 또 검정고시 시험을 또 보라고 하니 머리에 담아 보려고 노력해 보지만 머리에 담기가 참 힘들고 어렵다. 그래도 열심히 하고 있다.

'여보 나왔어요' '힘들었지. 힘드는데 무엇 할라고 공부는 그렇게 열심히 해. 은행은 내가 가서 돈도 찾아다 주고 심부름도 다 해줄 텐데. 이제는 자식들도 다 저 살만하니 이제는 편하게 살자고. 그동안 사느라고 고생이 많았지.

이제는 맛있는 것도 먹고 등산이나 다니며 아들네집 딸네집 놀러도 다니고 하면서 살아요. 이제는 당신 하고 싶은 것 많이 하면서 손자들 맛난 것이나 사주며 살아요. 건강하고, 차 조심합시다, 사랑합니다' 라고 꿈에서 생시처럼 말한다.

'산에 있는 버들가지를 꺾어 임에게 보내주면 몸 건강하세요. 보내오니 주무시는 창밖에 심어두고 보소서. 행여 밤비에 새잎이라도 나거든 마치 나를 본 듯 여기소서' 내가 말하면 '당신 공부하느라 고생이 많았지 그 정황에 검정고시 시험공부까지 하고. 당신이 아니면 그 누구도 못했을 거야 잘했어 사랑해' 남편이 꼭 그렇게 말해 주는 거 같다.

그런데 우리말이 진짜로 이렇게 늘어진다. 그러니 외국인은 우리말을 배우느라 고생이 많다. 그래도 노력해서 안 되는 일 없다. 누구나 다 그렇게 배우고 있다. 나의 손자 손녀도 지금 다 그렇게 배우고 있다. 세상 사람들이 다 그렇게 하고 있다. 회사 다니는 회사원들도 다 그렇게 살고 있다. 누구나 산다는 게 쉽지는 않다. 세상 사람들이 그렇게 산다는 것을 생각하면서 나도 살고 있다.

분하고 억울한 사연

— 문재인 대통령님께

나의 억울한 사연을 호소합니다. 분하고 원통함을 대통령님께
부탁하고자 펜을 들었습니다. 시골에 평민으로 사시던 우리 부모
님께서는 6.25 전쟁이 나자 먼저 큰아들이 의용군으로 끌려가
원통하고 복통한 삶을 사셨습니다.

그런데 자식이 끝내 돌아오지 못한 채 작은아들마저 군대에 보
내야만 했고, 후에 분하게도 전사한 통지서만 달랑 받았습니다.
우리 부모님은 이 일로 평생 화병을 안고 사시다가 하늘나라로
떠나 가셨습니다.

큰오빠를 찾아 달라고 통일부에서 이산가족을 찾아 준다기에 우리도 찾아 달라고 연락을 전하였는데 이번에 연락이 와서 주소를 대라고 하여 댔더니 다시 장소를 정해 놓고 전화를 아무리 하려 했지만 전할 길조차 주지 않더군요.

대통령님 이 사연 들으시고 하해와 같은 마음으로 풀어주시길 바랍니다. 통일부가 아무나 연락할 수 있게 문을 열어 주시고 억울한 사람들 소원도 풀어주시기 바라는 마음 간절합니다.

우리 큰오빠 찾을 수 있게 도와 주시고, 우리 부모님 소원을 풀어주시리라 믿습니다. 꼭꼭 확인하시고 분하고 억울한 사연을 참고해 주시리라 믿습니다. 대전광역시 서구 가수원동 806-16 새주소 4-4.

저희 가족 남자들은 나라에 다 바치고 여자 세 명만 남아 분하고 억울한 사연을 전달하고자 꿈에도 그리운 우리 큰오빠 찾을 수 있게 해 달라고 부탁드리는 이 심정을 당신들이 어찌 안단 말입니까. 당하지 않은 사람은 아무도 모릅니다. 이 고통을 누가 알까요?

세상에 나라에 자식을 다 바치고 우리 부모님이 고통 속에 사시는 동안 정부는 어떤 노력를 치렀나요? 그 대가를 해야 하지 않겠습니까? 분하게도 도움 한푼 받지 못하고 농사만 짓던 우리 부모님은 끝내는 하늘나라 가실 때 눈을 감지 못하시고 가셨습니다.

또다시 저 오랑캐가 우리 땅을 넘보지 못하도록 제발 힘을 길러야 합니다. 일본 제국이 발을 붙일 수 없게 우리 정부는 제발 사욕만 챙기지 말고 지혜롭게 타협해서 우리나라 젊은 이들이 꿈을 이룰 수 있도록 정부는 힘을 써주시기 바랍니다. 대한의 아들딸들도 싸우지만 말고 사욕에 눈이 먼 욕심을 버리고 어떻게 하면 대한민국이 잘 살 수 있을까?

옛날 독립군이 없었으면 우리나라는 지금 어떻게 되었을까? 생각해 보았으면 합니다. 부모님 말씀을 들었을 때 참 기가 막혔습니다. 농사짓는 것을 먹을 것도 없이 모두 약탈해 가고 불 땐 자욱만 있어도 밥해 먹었다고 창으로 집안을 샅샅이 뒤지고 해서 살 수가 없었다고 합니다.

누구든 장정들은 끌어다 일 시키고 우리 조상들은 살아 남느라

진짜로 고생이 이루 말할 수 없었지요. 다시는 끔찍한 이러한 일이 없어야 겠지요. 대한민국의 시민 여러분! 다시는 이렇게 당하지 않게 힘을 길러서 잘 사는 대한민국이 되도록 노력을 다 같이 하길 바랍니다.

이영임

전주 장날

지금은 전주에서 제일 큰 시장이 되었을 것이다. 유년의 우리 가족은 중인리에 살았다. 그 후로 엄마가 일찍 돌아가셔서 전주 중화산동으로 이사를 했다. 내 나이 열 살 미만일 때 언니가 오늘 전주 장날이니 구경 가자 했다. 시장을 가려면 전주 예수병원 고개를 넘어가야 한다. 예수병원 옆에는 다 산이었다.

그런데 산 옆에는 뾰족뾰족한 집에 미국 사람이 많이 살았다. 미국 사람만 보면 무서워서 언니 뒤로 숨었다. 언니 손을 꼭 잡고 전주 시장에 도착했다.

전주 시장 방천 둔덕에 팥죽 장사가 많이 있었다. 쌀로 만든 팥죽은 한 그릇에 20원이고 칼국수로 만든 팥칼국수는 10원이었다. 지금 가격에 비하면 정말 싼 느낌이 들기도 했다.

돈이 없어서 10원짜리 팥칼국수 한 그릇 사서 언니하고 나하고 나누어 먹고 양이 차지 않아 팥죽솥만 쳐다보다 수저를 놓고 나왔다. 가난은 미련이 많이 남는 것 같다.

전주 시장 다리 밑에는 약장사가 있었다. 거기에서 언니랑 나랑 구경하고 집으로 왔다. 지금도 내 나이 70에 그 팥죽 맛을 잊을 수가 없다. 물끄러미 눈길을 주던 것은 바로 가난이 가져다 준 허기였고, 지금 내가 그리운 것은 회환인 것이고, 미련인 것이다.

지금으로부터 47년 전으로 떠나 본다. 시아버님은 돌아가시고, 아프신 시어머님, 조금 모자란 결혼 못한 시작은아버님, 시동생 1명, 시누이 6명, 그중 한 명은 결혼했다.
그래도 시누이 5명, 남편하고 나, 모두 식구가 10명이다. 그 이듬해 내가 아기를 낳았다.

아프신 시어머니가 하신 말은 삼일 아침에 부엌을 밟아야 후배가 안 아프다고 하신다. 그래서 삼일 아침에 많은 식구 밥을 했다. 밥을 하고 나니 몸이 덜덜 떨리고 식은땀이 줄줄 흐르고 몸이 많이 아팠다. 입에서 먹는 것마다 모든 게 다 쓰다. 밥도 쓰고 미역국도 쓰다고 했다. 그랬더니 작은시누가 당원을 넣어 미역국을 끓여왔다. 한 수저도 못 먹었어도 시어머니보다 많은 시누이가 착하다. 그런 시절이 지나 지금에 이르렀다. 세상은 좀 더 여자들에게 나은 방향으로 가는 것 같다.

김영식

영화 말모이 외1

세이 백화점에서 말모이라는 영화를 보았다. 말모이는 한글 국어사전이라는 뜻이란다. 일제 강점기에 우리 글과 말을 없애기 위해 일제가 밤낮으로 우리를 감시하였지만, 우리 국민들은 포기하지 않고 숨어가며 각 지방 사투리를 모아 표준화하여 책을 만들었다.

그로 인해서 지금 우리는 소중한 한글을 편하게 배우고 있다. 우리 한글을 지키기 위해 희생되신 영혼들에게 편안하시길 빈다.

그 후로 몇 달 뒤 한국사 초급 시험을 보았다. 2019년 8월 10일 아무것도 모르는 나를 열심히 정하늘 선생님이 가르치고 같이 공부하고, 시험도 같이 보았다. 아무것도 모르면서 답을 꼭꼭 찍었다. 턱걸이로 겨우 붙었다. 감사할 일이다. 또 중급으로 도전했다. 하지만 능력에도 한계가 있는 것 같다. 중급은 정말 어렵고 힘이 들었다.

이번에는 떨어졌다. 그래도 쿵 떨어진 것이 아니라, 살짝 떨어져서 뇌진탕은 아니다. 낙상 정도가 심하지 않아 그래도 자존심이 상해 속으로는 시험을 다시는 안 본다고 했지만, 또 다른 마음에는 아쉬움이 있었다. 더 볼까 말까 마음이 그렇다. 시간을 두고 고민을 해보련다.

마음이 번다하는데 서울 나들이를 했다. 청춘학교 학생들과 한울야학 학생들이 서울 나들이를 갔다. 나도 오랜만에 서울 나들이었다. 약간의 설레는 감정을 가지고 2019년 10월 30일 이안과 앞에서 오전 8시 출발하기로 한 버스를 탔다.

일부는 버스로, 일부는 기차로 갔다. 일부는 큰 휠체어를 타기 때문에 버스를 못탄다. 조금 늦게 출발을 하다 보니 서울 덕수궁에 오전 11시경 도착하여 한 20분경 덕수궁을 구경하고 바로 옆 식당에서 점심으로 낙지덮밥을 먹고, 노래 가사에 있는 덕수궁 돌담길을 걸어 광화문으로 이동하였다.

얼마나 지났을까 광화문 앞에 가니 이순신 장군 동상과 세종대왕 동상이 있었다. 세종대왕 앞에는 앙부일구(해시계), 측우기(빗물 재는 것), 혼천의(천체, 별자리, 해) 등 여러 가지 전시된 물건이 있었다.

내게는 광화문은 처음이었다. 그곳도 잠시, 경복궁으로 이동하여 옛날 경복궁에 들어가니 임금님이 정사 보시던 곳도 보고, 신하들이 정일품, 정이품 등등 서 있는 자리도 보고 경회루도 가보았다. 경회루는 외국 사신이 오면 접대하는 곳이었다.

알찬 하루였다. '한울야학 학생들을 보살피며 구경을 시키던 청춘학교 전성하 교장을 비롯하여 한울야학 선생님들, 봉사자 여러분 정말 수고하시고 대단하십니다.'라고 중얼거렸다.

친구 따라 왔다가 공부를 하게 되었다. 그 당시에 학생은 십여 명 전성하 교장 선생님께서 만능으로 전 과목을 다하였다. 다른 친구들은 초등 검정고시, 나는 중등 검정고시를 2015년 4월 12일에 치뤘다.

나는 턱걸이로 간당간당하게 붙었다. 그렇게 다시 준비를 하여 일 년을 기다렸다. 2016년 3월 예지고등학교에 1번으로 원서를 냈다. 나이는 생각도 안했다. 학교 다니며 세상공부 다했다.

영어 몰라 수학 몰라 하다 보니 어느새 2018년 2월 10일 졸업을 하고 나의 중학 모교에 와보니 학교가 아주 많이 커지고 학생들도 많아서 엄청 좋았다.

늦깎이 학생 여러분 포기하지 말고 전성하 교장 선생님의 가르침에 저 넓은 세상을 향하여 한 번 힘껏 뛰어보세요. 높은 하늘도 한 번 날아봅시다. 하면서 오늘도 열심히 등교를 한다.

고추잠자리

빨간 고추잠자리는 가을을 알린다. 가을이 오면 빨간 고추잠자리는 떼를 지어 낮게 난다. 그리고 밤이면 귀뚜라미도 귀뚤귀뚤 운다. 그러면 가을이 왔구나 한다.

그런데 곤충들은 어떻게 계절을 알까 궁금하다. 또 겨울 초기가 되면 잠자리와 귀뚜라미 우는 소리도 안 들린다. 어디로 갔을까? 계절 따라 왔다 가는 곤충들도 무척 똑똑하다. 나도 곤충들처럼 계절을 아는 똑똑한 사람이 되고 싶다.

송미호

청춘학교

아버지께서 일찍 돌아가셨고 집도 가난하여 할머니 손에 크느라 학교에는 가 볼 여유가 없었습니다. 결혼을 하여 아이들 키우고 가르치다 보니 내 공부의 꿈은 멀리 있었고 주위에 배운 사람들을 볼 때 그들이 부러웠고 내 자신이 부끄러웠습니다.

아이들 다 키우고 결혼 시키고 보니 여유가 생겨 예전부터 공부에 대한 열망이 있었는데 어디서 어떻게 배워야 할지 모를 때 TV에 청춘학교가 나와 전화를 걸어 늦었지만 공부를 하게 되었습니다.

청춘학교에 와보니 저와 같은 사람들이 많다는 것을 알았고 늦었지만 열심히 하려고 노력하고 있고 늦은 나이지만 이렇게 친구들과 공부하게 되어 행복합니다.

　　하얀 찔레꽃
　　봄바람이 살랑살랑 넘노는 산언덕에
　　찔레꽃이 송이송이 눈을 틉니다.
　　벌 나비가 입맞추자고 너훌너훌
　　춤을 추며 날아옵니다.
　　—「찔레꽃」전문

　인생이 한 마리 나비의 삶처럼 애처럽게 보여도 그 속에 사랑이 있고, 희망이 있어서 어린아이처럼 공부를 배우고 있습니다. 가끔 글을 배워 쓴 시가 입에 감기듯이 되뇌이는 순간 부모님 할머니 못다한 시간이 아쉽습니다. 통제도 안되는 학생들을 가르치는 교장 선생님 감사합니다. 항상 웃는 모습이 멋지고요. 여러 선생님들께 감사드려요.

대한민국장애인 창작집 산문 부문 선정 작품집 『그땐 그랬지』는 도중은 이영임 김영식 송미호 네 분의 작가를 배출했습니다.

　도중은 수필가는 다섯 편의 작품에서 완성도 있는 작품을 선보였습니다. "문장이 간결하고 쉽게 읽히는 작품을 선보였다."는 장점이 있다는 뜻입니다. 본디 글을 처음 쓰면 "자칫 포장하듯이 마음이 앞서 분칠하듯이 어색한 꾸밈이 특징인데 담백하고 기본을 잃지 않은 설득력 있는 문장과 표현력"을 가지고 진술한 삶을 반추하고 글을 잘 엮어 나갔습니다.

작품도 좋지만 소재 부분도 착상이 좋았습니다. 차분하면서도 기본을 잃지 않고 문장과 표현력을 통해 보여주는 삶의 哀歡(애환)과 부군에 대한 사랑은 단연 돋보였고, 작품을 구성하는 단편적 敍事(서사) 또한 돋보였습니다.

이영임 수필가는 보여지는 현상의 세계보다는 경험이 선명하게 구축된 회화성이 강한 작품이었습니다. 한 편이지만 강함 임팩트가 돋보였습니다. 사실만을 기록하는 것이 아니라 사실 속에서 믿고자 하는 진실을 발견하여 형상화하려는 노력을 발견할 수 있었습니다.

김영식 수필가의 「말모이」와 「고추잠자리」두 편의 수필에서 보여지는 호흡적인 부분은 좀 더 노력해야 하는 것이 사실이지만 시선의 날카로움이 돋보이는 대목도 간간이 보였습니다. 고령화 사회를 가면서 작품 안의 논리와 밖의 논리가 다를 수 있지만 창작 방법의 고정적 시선과 단조로움을 극복하기에는 약간의 비전이 보였습니다.

송미호 수필가는 어려운 환경 속에서 세상을 헤쳐나오며 늦깎이 공부를 하는 분으로 시와 수필의 경중을 따진다면 시에 재주가 보입니다. 특히 수필에서 가벼운 터치로 그려내는 인생의 한 단면은 노력한다면 새로운 작가 탄생을 예고할 수도 있습니다.

결국 수필이라는 본질적 측면과 관련한 깊은 사고와 철학 그리고 제안하기 어렵다는 것은 수필의 단조로움과 고정성에 갇혀 참신한 발상이 제한적임을 볼 때 결국 스스로 삶에서 익어 나오는 감동만큼 커다란 축복이 없다는 사실입니다.

그런 면에서 이번 수필은 고르지는 않지만 나름대로 깊은 유대와 연대 속에서 빚어진 삶의 현장에서 이제는 조금 느린 삶을 살며 관조와 성찰 그리고 인생의 효용적 가치가 무엇인지 깨달을 무렵에 문해교육을 통해 얻은 첫 열매라는 점에서 그 깊이와 의미의 궤적이 달라진다는 점입니다.

선정된 작가분들에게 축하를 드리며 옥고를 재게재이기는 해도 선뜻 내어주신 박지영 시인에게 진심으로 감사를 드립니다. 정서상 대전을 근간으로 하고 있고, 낯선 곳이 아니라 수필을 어떻게 접근해야 하는가 라는 질문에 답이 될 수 도 있겠다 싶어 게재하게 되었습니다.

아무리 사회가 정치 경제 문화를 비롯해 메타(초월)와 퓨전(융

합)이라도 인간미만큼 고유한 인간의 삶의 향기를 지니지는 못하기 때문입니다. 그런 면에서 인간적 향기에 대한 탐구와 탐색은 필연적으로 문학적 상상이 전제되어야 하기 때문에 금번 동인 산문집 또한 그 가치와 효용성은 매우 귀중한 것이라 하겠습니다.

신안동 그 집

박지영 시인 · 《문학마당》 편집장

신안동 그 집

박지영 시인 · 《문학마당》 편집장

아버지가 돌아가신 지 12년, 그리고 어머니를 보내 드린 지 9
년 된 그 집은 여전했습니다. 불현듯 하루의 허기에 지쳐 열리지
않는 대문 앞을 서성이는데, 나를 기억하는 옆집 어르신이 문을
열어주셨습니다.

밤 마실을 돌다가 남동생과 막대꼬챙이로 살짝 눌러 열었던 우
리집 대문의 걸쇠는 아무도 모르는 줄 알았지만 이제는 동네분들
의 놀이터가 되어서 그 넉넉함이 여전하더군요. 다람쥐처럼 옥상
을 오르내리며 놀던 아이들이 이제는 옆집 아주머니가 몰라볼 정

도로 자라서 인사를 드리자 못내 반가움을 감추지 못하고 손사래와 등을 쓰다듬고 하시는 말씀이 가슴 저 밑둥을 흔들게 하였습니다.

"아이고 내 눈이 주책이여. 자꾸 따갑네." 연신 눈을 꾹꾹 누르시며 눈물을 닦다 말고 생각이 나셨는지 "이 집은 우리한테는 귀한 기억이어서 니들 아버지 엄니 모두 갔어도 늘 있는 남은 이웃사람들이 집주인은 몇 번이나 바뀌었어도 팔릴 때마다 나서서 집은 못 허물기로 했으니께, 그래서 주변을 둘러보면 우리집 분재도 여기서 있다가 들락날락 허지, 동네 사람들도 수시로 여기 들러 추억하고는 담담하게 헐 일 없을 때는 마루에 앉아있다 가곤 허고 그라제. 하물며 저 어린 것들을 데리고 친정이 그리워 오는데 항시 사는 우리가 어째 니들 부모님을 잊었는가. 그분들을……" 말을 다 잇지 못하는데 저에게도 어르신도 생목이 오르는 것처럼 물기가 차올랐습니다.

혼자서 카메라를 들고 소풍 가듯이 둘러보는 기억과는 달리 현관 입구에 비스듬이 자리한 라일락나무는 누군가 베어 갔는지 흔적이 없었고, 감나무는 옆집으로 옮겨져 담벼락만 달랐지 잘 기대어 자라고 있었습니다. 잦아드는 햇살에 모과나무 발치 끝에는 모과꽃이 속절없이 떨어져 물기를 머금은 채 누워 있었습니다. 금세 어머니가 만드신 모과차를 후루룩거리며 마시던 아버지가 그늘 속으로 몸을 숨기고 향 만 남은 것 같았습니다.

하오에 햇살이 신안동 집 뒤안으로 몸을 숨길 무렵 기억 속에는 상추와 고추, 가지와 오이가 있던 작은 텃밭과 수세미 넝쿨만이 헐겁게 살아 벽을 타고 간 여린 흔적으로 기억 속에서 왈츠처럼 흐르며 잊혀지지 않는 본능처럼 떠올리며 반추하게 합니다.

안방과 거실 옆 막내가 자던 방을 지나면 주방이었고, 그 옆 창문 넘어 보이는 갈라진 벽 사이의 뒷골목에서 아버지와 어머니가 문을 열어주지 않을 때면 친구들의 도움을 받아 번갈아 담을 넘던 기억이 있습니다.

안방과 연결된 문을 열고 복도를 지나고 삼 남매의 작은 공부방이 그대로 고택처럼 반질거리지는 않지만 그대로의 생살을 드러내 보이고 있습니다.

대학 때 스터디한다며 모여서 끊임없이 떠들어 대는 '수다방'이었고, 수배 중에 갈곳 없어 찾아온 쫓기던 후배들이 이따금 숨어 지내다 소리소문없이 가는 방이었습니다. 녹슨 창문 열어야 보이는 뒷집 나무와 문틈 사이 지루한 빛깔은 마치 오늘인 것처럼 여전했습니다.

왈츠가 끝나갈 무렵 친정집에 데리고 간 아이들에게 작별 인사를 하게 하고 돌아서 나오는 내게 훈풍처럼 등을 밀며 들리는 음성이 조금전 저희에게 문을 열어 주었던 그분 목소리였습니다.

"아, 무시로 다녀가. 이렇게 보니께 좋네. 가을이 찐할 때 와서 단감이랑 모과 갖고 가고, 허물 때 허물더라도 아직은 아니잖어. 동네 사람들이 안 된다고 하니께 그런 줄 알더만, 금번 주인은 부산 사람이랴." 라는 말에 "네." 하고는 나오는 마음이 모과나무를 흔드는 바람이 되었습니다. 어르신 말씀은 집을 살 수도 있으니 생각해 보라는 말로 들렸습니다.

새로운 주인의 건물에 관련되어 부탁을 받았는지 모르겠지만 "'개발' 한다니께 샀는가벼. 그래도 여긴 안 변햐. 아직도 아버지와 어머니 살아생전의 얘기를 하며 추억하는 사람들이 살아 있응께 아무 때고 언제든 오드라고 오늘 맨치로……" 못내 아쉬워하는 어른을 '고마워' 하며 쫓기듯 나와 내가 걸었던 골목골목 이쁜 기억들이 새롭게 떠오르는 것에 놀라기를 반복하다 사진을 찍고서야 마음이 진정되었습니다.

돌아오는 차창 밖으로 뚝방을 건너다 보는데 건너 보이는 그 집도 그대로인 것에 놀랐습니다. 물길을 사이에 둔 건너편 그 시절 그 집에 누가 살았었는지 궁금해하던 것을 잊고 모르는 채로 먼 산 보듯 살았던 것은 그곳에 온기가 없는 호기심만이 있었기 때문이었으리라는 생각에 3대를 잇는 오늘의 마실은 참 귀한 것이라 생각이 들었습니다.

지금 내 딸이 스물한 살, 대학생 딸아이는 지금 할머니의 된장찌개와 장조림을 추억하고 그냥 이유 없이 달리던 네 살박이 아이의 속도에 놀라 큰딸아이 뒤를 다칠까봐 쫓아다니던 아버지를 추억하며 들려주었습니다.
사내인 작은아이를 쫓아 다닐 때쯤에 아버지는 손에 빨대 꽂은 야쿠르트와 간식을 들고 계셨는데 이제 16살이 된 사내가 아버지 앞에 마주하셨으면 무어라 하실지 궁금했습니다.

내리사랑을 기억하는 아이들은 참 행복한 아이라고 생각이 들었습니다. 하지만 그렇지 못할 때가 있습니다. 갑자기 심근경색으로 아버지가 돌아가시자 금슬 좋던 엄마가 3년째 되시는 해에 중증장애를 가진 손녀딸과 함께 소천하였습니다.

남매에게는 할아버지와 할머니가 가뭇한 채 엄마의 등에 어린 쓸쓸한 반추와 들려주지 않는 이야기들이 낯설 때 표정이 물 건너 이웃을 낯설게 쳐다보던 호기심 많은 유년의 나였습니다.

제철의 과일을 먹어야 건강한 것처럼 아버지와 엄마의 모습도 제철마다 선명하게 각인된 날들이 떠오릅니다. 어젯밤 꿈처럼 금슬 좋으신 두 분이 긴 낮잠을 주무시고 가정에 닥친 일들을 숨가쁘게 해결하며 오늘을 견디던 모습이 생생하게 떠오릅니다.

내일이 불안정한 삶을 사는 이들은 한나절 곤한 단잠을 자고 일어나면 넘어지거나 용기가 필요할 때 서로의 위로가 된다는 것을 너무 일찍 알게 되었습니다. 속 복잡한 사무실을 나와 주말 하오에 걷는 친정집이 있는 신안동은 아직도 옛 모습을 가진 채 낮에도 사람의 모습을 찾아보기 어렵지만 나에게는 등을 쓰다듬는 바람과 골목 사이를 누비는 나비와 꿈길처럼 밟히는 삼 남매의 추억이 조락한 계절의 햇살처럼 영그는 곳이었습니다.

— 출처 : 문학마당 2019 상반기

2019 장애인 창작집 발간지원 사업 선정 작품집

그땐 그랬지

1쇄 발행일 | 2019년 12월 31일

지은이 | 도중은 외
펴낸이 | 정화숙
펴낸곳 | 개미

출판등록 | 제313-2001-61호 1992. 2. 18
주소 | (04175) 서울시 마포구 마포대로 12, B-108호(마포동, 한신빌딩)
전화 | (02)704-2546
팩스 | (02)714-2365
E-mail | lily12140@hanmail.net

ⓒ 도중은 외, 2019
ISBN 979-11-90168-06-9 03810

값 10,000원

주최 | 대한민국 장애인 창작집필실
주관 | 장애인인식개선오늘(고유번호 305-80-25363. 대표 박재홍)
심사 | 발간지원 사업 심사위원회
후원 | 대전광역시, 대전문화재단, 갤러리예향좋은친구들, 문학마당, 한국장애인
문화네트워크, 드림장애인인권센터, 대전광역시버스사업운송조합, (주)맥
키스컴퍼니

문의 | (042)826-6042